LETTRE D'HÉLOÏSE

A ABAILARD.

TRADUCTION DE M. POPE.

PAR M. C***.

Héloïse est supposée dans sa Cellule occupée à lire une Lettre d'Abailard, & à y faire réponse.

DANS ces lieux habités par la seule innocence,
Où régne, avec la paix, un éternel silence,
Où les cœurs, asservis à de sévères loix,
Vertueux par devoir, le sont aussi par choix ;
Quelle tempête affreuse à mon repos fatale,
S'éleve dans les sens d'une foible Vestale ?
De mes feux, mal éteints, qui ranime l'ardeur ?
Amour, cruel amour, renais-tu dans mon cœur ?

Hélas, je me trompois! j'aime, je brule encore!
O mon cher & fatal!... ABAILARD... je t'adore!
Cette Lettre, ces traits, à mes yeux si connus,
Je les baise cent fois, cent fois je les ai lus.
De sa bouche amoureuse HÉLOÏSE les presse;
ABAILARD! cher Amant! mais quelle est ma foiblesse?
Quel nom dans ma retraite, ose-je prononcer?
Ma main l'écrit!... hé bien, mes pleurs vont l'effacer!
Dieu terrible, pardonne, HÉLOÏSE soupire.
Au plus cher des Époux, tu lui défends d'écrire,
A tes ordres cruels HÉLOÏSE souscrit....
Que dis-je? mon cœur dicte... & ma plume obéit.

PRISONS, où la Vertu, volontaire victime,
Gémit & se répent, quoiqu'exempte de crime,
Où l'homme, de son être imprudent destructeur,
Ne jette, vers le Ciel, que des cris de douleur,
Marbres inanimés, & vous froides reliques,
Que nous ornons de fleurs, qu'honorent nos cantiques,
Quand j'adore ABAILARD, quand il est mon Époux,
Que ne suis-je insensible & froide comme vous!
Mon Dieu m'appelle envain du thrône de sa gloire,
Je céde à la nature une indigne victoire.
Les cilices, les fers, les prières, les vœux,
Tout est vain, & mes pleurs n'éteignent point mes feux.

AU moment où j'ai lu ces tristes caractères,
Des ennuis de ton cœur secrets dépositaires,
ABAILARD, j'ai senti renaître mes douleurs.
Cher Époux, cher objet de tendresse & d'horreurs,
Que l'Amour, dans tes bras, avoit pour moi de charmes!
Que l'Amour loin de toi, me fait verser de larmes!

Tantôt je crois te voir, de myrthe couronné,
Heureux & satisfait, à mes pieds prosterné,
Tantôt dans les déserts, farouche & solitaire,
Le front couvert de cendres, & le corps sous la haire,
Desséché dans ta fleur, pâle & défiguré,
A l'ombre des Autels, dans le cloître ignoré,
C'est donc là qu'ABAILARD, que sa fidelle épouse,
Quand la Religion, de leur bonheur jalouse,
Brise les nœuds chéris, dont ils étoient liés,
Vont vivre indifférens, l'un par l'autre oubliés;
C'est là que détestant & pleurant leur victoire,
Ils fouleront aux pieds & l'amour & la gloire,
Ah ! plutôt écris - moi, formons d'autres liens,
Partage mes regrets.... je gémirai des tiens,
L'écho répétera nos plaintes mutuelles;
L'écho suit les amants malheureux & fidelles.
Le sort, par ses rigueurs, ne sçauroit nous ravir
Le plaisir douloureux de pleurer, de gémir.
Nos larmes sont à nous.... nous pouvons les répandre :
Mais, Dieu seul, me dis-tu, Dieu seul doit y prétendre.
Cruel, je t'ai perdu, je perds tout avec toi.
Tout m'arrache des pleurs.... tu ne vis plus pour moi.
C'est pour toi.... pour toi seul que couleront mes larmes,
Aux pleurs des malheureux, Dieu trouve-t-il des charmes ?
   ÉCRIS-MOI, je le veux : ce commerce enchanteur,
Aimable épanchement de l'esprit & du cœur ;
Cet art de converser, sans se voir, sans s'entendre,
Ce muet entretien si charmant & si tendre,
L'art d'écrire, ABAILARD, fut sans doute inventé
Par l'Amante captive & l'Amant agité;

Tout vit par la chaleur d'une Lettre éloquente,
Le fentiment s'y peint fous les doigts d'une Amante.
Son cœur s'y développe ; elle peut, fans rougir,
Y mettre tout le feu d'un amoureux defir.
Hélas, notre union fut légitime & pure !
On nous en fit un crime, & le Ciel en murmure.
A ton cœur vertueux quand mon cœur fut lié,
Quand tu m'offris l'amour fous le nom d'amitié ;
Tes yeux brilloient alors d'une douce lumière ;
Mon ame, dans ton fein, fe perdit toute entière.
Je te croyois un Dieu, je te vis fans effroi.
Je cherchois une erreur qui me trompa pour toi.
Ah, qu'il t'en coûtoit peu pour charmer HÉLOÏSE !
Tu parlois.... à ta voix tu me voyois foumife.
Tu me peignois l'Amour bienfaifant, enchanteur....
La perfuafion fe gliffoit dans mon cœur :
Hélas ! elle y couloit de ta bouche éloquente,
Tes lévres la portoient fur celles d'une Amante.
Je t'aimai.... je connus, je fuivis le plaifir ;
Je n'eus plus de mon Dieu qu'un foible fouvenir.
Je t'ai tout immolé, devoir, honneur, fageffe ;
J'adorois ABAILARD, & dans ma douce yvreffe,
Le refte de la terre étoit perdu pour moi :
Mon Univers, mon Dieu, je trouvois tout dans toi.

Tu le fçais : quand ton ame à la mienne enchaînée,
Me preffoit de ferrer les nœuds de l'hymenée,
Je t'ai dit, cher Amant, hélas ! qu'exige-tu ?
L'Amour n'eft point un crime, il eft une vertu.
Pourquoi donc l'affervir à des loix tyranniques ?
Pourquoi le captiver par des nœuds politiques ?

L'Amour n'eſt point eſclave, & ce pur ſentiment,
Dans le cœur des humains, naît libre, indépendant.
Uniſſons nos plaiſirs ſans unir nos fortunes ;
Crois-moi, l'hymen eſt fait pour des ames communes,
Pour des Amans livrés à l'infidélité,
Je trouve dans l'amour, mes biens, ma volupté.
Le véritable Amour ne craint point le parjure.
Aimons-nous, il ſuffit, & ſuivons la Nature.
Apprenons l'art d'aimer, de plaire tour à tour,
Ne cherchons, en un mot, que l'Amour dans l'Amour.
Que le plus grand des Rois, deſcendu de ſon Thrône
Vienne mettre à mes pieds ſon Sceptre & ſa Couronne,
Et que m'offrant ſa main, pour prix de mes attraits,
Son Amour faſtueux me place ſous le Dais,
Alors on me verra préférer ce que j'aime,
A l'éclat des grandeurs, au Monarque, à moi-même.
ABAILARD, tu le ſçais, mon Thrône eſt dans ton cœur.
Ton cœur fait tout mon bien, mes titres, ma grandeur.
Mépriſant tous ces noms que la fortune invente,
Je porte, avec orgueil, le nom de ton amante :
S'il en eſt un plus tendre & plus digne de moi,
S'il peint mieux mon amour, je le prendrai pour toi.
ABAILARD, qu'il eſt doux de s'aimer, de ſe plaire !
C'eſt la première Loi, le reſte eſt arbitraire.
Quels mortels plus heureux que deux jeûnes Amans,
Réunis par leurs goûts & par leurs ſentimens,
Que les ris & les jeux, que le penchant raſſemble,
Qui penſent à la fois, qui s'expriment enſemble,
Qui confondent leur joye, au ſein de leurs plaiſirs,
Qui jouiſſent toujours, ont toujours des deſirs ?

Leurs cœurs, toujours remplis, n'éprouvent point de vuide,
La douce illusion à leur bonheur préside.
Dans une coupe d'or, ils boivent à longs traits,
L'oubli de tous les maux & des biens imparfaits.
Si l'homme, hélas! peut l'être, ils sont heureux sans doute,
Nous cherchons le bonheur, l'amour en est la route.
L'Amour mene au plaisir, l'Amour est le vrai bien.
Tel fut, cher ABAILARD, & ton sort & le mien.

Que les temps sont changés! ô jour, jour exécrable!
Jour affreux, où l'acier, dans une main coupable,
Osa... quoi, je n'ai point repoussé ses efforts!
Malheureuse HÉLOÏSE, ah! que faisois-je alors?
Mon bras, mon désespoir, les larmes d'une Amante
Auroient... rien ne fléchit leur rage frémissante!
Barbares, arrêtez! respectez mon Époux!
Seule j'ai mérité de périr sous vos coups.
Vous punissez l'Amour, & l'Amour est mon crime!
Oui, j'aime avec fureur, frapez votre victime.
Vous ne m'écoutez pas! le sang coule!... ah, cruels!
Quoi, mes cris, quoi, mes pleurs paroîtront criminels!
Quoi, je ne puis me plaindre en mon malheur funeste!
Nos plaisirs sont détruits... ma rougeur dit le reste:
Mais, quelle est la rigueur du destin, qui nous perd?
Nous trouvons dans l'abyme, un autre abyme ouvert.

O mon cher ABAILARD! peins-toi ma destinée.
Rappelle-toi ce jour, où de fleurs couronnée,
Où, prête à prononcer un serment solemnel,
Ta main me conduisit aux marches de l'Autel,
Où détestant tous deux le sort qui nous opprime,
On vit une victime immoler la victime,

Où, le cœur confumé du feu de mes defirs,
Je jurai de quitter le monde & fes plaifirs.
D'un voile obfcur & faint ta main foible & tremblante
A peine avoit couvert le front de ton Amante,
A peine je baifois ces vêtemens facrés,
Ces cilices, ces fers à mes mains préparés,
Du Temple tout-à-coup les voutes retentirent;
Le Soleil s'obfcurcit, & les lampes pâlirent.
Tant le Ciel entendit, avec étonnement,
Des vœux qui n'étoient plus pour mon fidéle Amant!
Tant l'Éternel encor doutoit de fa victoire!
Je te quittois… Dieu même avoit peine à le croire.
Hélas! qu'à jufte titre il foupçonnoit ma foi!
Je me donnois à lui quand j'étois toute à toi.

VIENS donc, cher ABAILARD, feul flambeau de ma vie
Que ta préfence encor ne me foit point ravie!
C'eft le dernier des biens, dont je veuille jouir.
Viens, nous pourrons encor connoître le plaifir,
Le trouver dans nos yeux, le puifer dans nos ames.
Je brûle… de l'Amour je fens toutes les flammes.
Laiffe-moi m'appuyer fur ton fein amoureux,
Me pâmer fur ta bouche, y refpirer nos feux:
Quels momens, ABAILARD! les fens-tu? quelle joie!
O douce volupté… plaifirs… où je me noie!
Serre-moi dans tes bras, preffe-moi fur ton cœur!
Nous nous trompons tous deux, mais quelle heureufe erreur;
Je ne me fouviens plus de ton deftin funefte,
Couvre-moi de baifers… je rêverai le refte.
Que dis-je, cher Amant, non, non, ne m'en crois pas,
Il eft d'autres plaifirs, montre-m'en les appas.

Viens, mais pour me traîner aux pieds du Sanctuaire,
Pour m'apprendre à gémir sous un joug salutaire,
A te préférer Dieu, son Amour & sa Loi,
Si je puis cependant les préférer à toi.
Viens, & pense du moins que ce troupeau timide
De Vestales, d'enfans, a besoin qu'on le guide.
Ces Filles du Seigneur, instruites par ta voix,
Baissant un front docile & s'imposant tes loix,
Marcheront sur tes pas dans ce climat sauvage.
De ces remparts sacrés, l'enceinte est ton ouvrage,
Et tu nous fis trouver, sur des rochers affreux,
Des campagnes d'Éden l'attrait délicieux;
Retraite des vertus, séjour simple & champêtre,
Sans faste, sans éclat, tel enfin qu'il doit être:
Les biens de l'orphelin ne l'ont point enrichi;
De l'or du fanatique, il n'est point embelli.
La piété l'habite, & voilà sa richesse.
Dans l'enclos ténébreux de cette forteresse;
Sous ces Dômes obscurs, à l'ombre de ces Tours,
Que ne peut pénétrer l'éclat des plus beaux jours,
Mon Amant autrefois répandoit la lumière:
Le Soleil brilloit moins au haut de sa carrière..
Les rayons de sa gloire éclairoient tous les yeux.
Maintenant qu'Abailard ne vit plus dans ces lieux,
La nuit les a couvert de ses voiles funébres,
La tristesse nous suit dans l'horreur des ténébres,
On demande Abailard, & je vois tous les cœurs,
Privés de mon Amant, partager mes douleurs.

Des larmes de ses sœurs, Héloïse attendrie,
De voler dans leurs bras, te conjure & te prie:

Ah ! charité trompeuse ! ingénieux détour !
Ai-je d'autre vertu que celle de l'Amour ?
Viens, n'écoute que moi, moi seule je t'appelle.
ABAILARD, sois sensible à ma douleur mortelle.
Toi, dans qui je trouvois Père, Époux, Frère, Ami ;
Toi, de tous les Amants, l'Amant le plus chéri,
Ne vois-tu plus en moi ton Épouse charmante,
Ta Fille, ton Amie, & sur-tout ton Amante !
Viens, ces Arbres touffus, ces Pins audacieux,
Dont la cime s'éleve & se perd dans les Cieux,
Ces ruisseaux argentés, fuyants dans la prairie,
L'Abeille, sur les fleurs, cherchant son ambroisie,
Le zéphir, qui se jouë au fond de nos bosquets,
Ces cavernes, ces lacs, & ces sombres forêts,
Ce spectacle riant, offert par la nature,
N'adoucit plus l'horreur du tourment que j'endure,
L'ennui, le sombre ennui, triste enfant du dégoût,
Dans ces lieux enchantés se traîne, & corrompt tout.
Il séche la verdure, & la fleur pâlissante
Se courbe & se flétrit sur sa tige mourante.
Zéphir n'a plus de souffle, Écho n'a plus de voix,
Et l'oiseau ne fait plus que gémir dans nos bois.
  HÉLAS ! tels sont les lieux où captive, enchaînée,
Je traîne dans les pleurs ma vie infortunée,
Cependant, ABAILARD, dans cet affreux séjour,
Mon cœur s'enivre encore des poisons de l'Amour.
Je n'y dois mes vertus qu'à ta funeste absence,
Et j'y maudis cent fois ma pénible innocence.
Moi, dompter mon amour quand j'aime avec fureur !
Ah ! ce cruel effort est-il fait pour mon cœur ?

(12)

Avant que le repos puiſſe entrer dans mon ame,
Avant que ma raiſon puiſſe étouffer ma flamme,
Combien faut-il encor aimer, ſe repentir,
Deſirer, eſpérer, déſeſpérer, ſentir,
Embraſſer, repouſſer, m'arracher à moi-même,
Faire tout, excepté d'oublier ce que j'aime.

   O funeſte aſcendant! ô joug impérieux!
Quels ſont donc mes devoirs, & qui ſuis-je en ces lieux?
Perfide, de quel nom veux-tu que l'on te nomme?
Toi, l'Épouſe d'un Dieu; tu brûles pour un homme!
Dieu cruel, prend pitié du trouble où tu me vois,
A mes ſens mutinés oſe impoſer tes loix.
Tu tiras du cahos le monde & la lumière,
Hé bien, il faut t'armer de ta puiſſance entière.
Il ne faut plus créer... il faut plus en ce jour.
Il faut dans Héloïse anéantir l'Amour.
Le pourras-tu, Grand Dieu? mon déſeſpoir, mes larmes,
Contre un cher ennemi te demandent des armes;
Et cependant, livrée à de contraires vœux,
Je crains plus tes bienfaits que l'excès de mes feux.

   Chéres Sœurs, de mes fers, compagnes innocentes,
Sous ces portiques ſaints, colombes gémiſſantes,
Vous, qui ne connoiſſez que ces froides vertus,
Que la Religion donne, hélas! que je n'ai plus,
Vous, qui dans les langueurs du zèle Monaſtique,
Ignorez de l'Amour l'empire tyrannique;
Vous enfin, qui n'ayant que Dieu ſeul pour Amant,
Aimez par habitude, & non par ſentiment;
Que vos cœurs ſont heureux, puiſqu'ils ſont inſenſibles!
Tous vos jours ſont ſereins, toutes vos nuits paiſibles.

Le cri des paſſions n'en trouble point le cours.
Ah ! qu'Héloïse envie & vos nuits & vos jours !
Héloïse aime & brûle au lever de l'aurore,
Au coucher du ſoleil elle aime & brûle encore,
Dans la fraîcheur des nuits elle brûle toujours,
Elle dort pour rêver dans le ſein des Amours.
A peine le ſommeil a fermé mes paupières,
L'Amour, me careſſant de ſes aîles légères,
Me rappelle ces nuits, chères à mes deſirs,
Douces nuits, qu'au ſommeil diſputoient les plaiſirs !
Abailard, mon vainqueur, vient s'offrir à ma vuë :
Je l'entends … je le vois … & mon ame eſt émuë.
Les ſources du plaiſir ſe rouvrent dans mon cœur ;
Je l'embraſſe … il ſe livre à ma brûlante ardeur.
La douce illuſion ſe gliſſe dans mes veines :
Mais que je jouis peu de ces images vaines !
Sur ces objets flateurs, offerts par le ſommeil,
La raiſon vient ouvrir le rideau du réveil.
Non, tu n'éprouves plus ces ſecouſſes cruelles,
Abailard ; tu n'a plus de flammes criminelles.
Dans le funeſte état où t'a réduit le ſort,
Ta vie eſt un long calme, image de la mort.
Ton ſang, pareil aux eaux des lacs & des fontaines,
Sans trouble & ſans chaleur circule dans tes veines.
Ton cœur glacé n'eſt plus le Thrône de l'Amour,
Ton œil appeſanti s'ouvre avec peine au jour ;
On n'y voit point briller le feu qui me dévore.
Tes regards ſont plus doux qu'un rayon de l'Aurore.
Viens donc, cher Abailard ! que crains-tu près de moi ?
Le flambeau de Vénus ne brûle plus pour toi.

Déſormais inſenſible aux plus douces careſſes ,
T'eſt-il encor permis de craindre des foibleſſes ?
Puis-je eſpérer encor d'être belle à tes yeux ?
Semblable à ces flambeaux , à ces lugubres feux ,
Qui brûlent près des morts ſans échauffer leur cendre ,
Mon amour ſur ton cœur n'a plus rien à prétendre.
Ce cœur anéanti ne peut plus s'enflammer.
Héloïse t'adore , & tu ne peux l'aimer !

    Mais que ſens-je ? ô pouvoir ! ô puiſſance ſuprême !
Quelle main me déchire & m'arrache à moi-même ?
Tremble , cher Abailard ! un Dieu parle à mon cœur.
De ce Dieu , ton rival , ſois encor le vainqueur.
Vole près d'Héloïse , & ſois ſûr qu'elle t'aime.
Abailard , dans mes bras , l'emporte ſur Dieu même :
Oui , viens… oſe te mettre entre le Ciel & moi ;
Diſpute-lui mon cœur… & ce cœur eſt à toi.
Que dis-je ? non , cruel , fuis loin de ton Amante :
Fuis , céde à l'Éternel Héloïse mourante.
Fuis , & mets entre nous l'immenſité des Mers :
Habitons les deux bouts de ce vaſte Univers.
Dans le ſein de mon Dieu , quand mon Amour expire ,
Je crains de reſpirer l'air qu'Abailard reſpire ;
Je crains de voir ſes pas ſur la poudre tracés.
Tout me rapelleroit des traits mal effacés.
Du crime au repentir un long chemin nous mene :
Du repentir au crime un moment nous entraîne.
Ne viens point , cher Amant , je ne vis plus pour toi.
Je te rends tes ſermens , ne penſe plus à moi.
Adieu , plaiſirs ſi chers à mon ame enivrée :
Adieu , douces erreurs d'une Amante égarée ;

Je vous quitte à jamais , & mon cœur s'y réfout :
Adieu , cher ABAILARD , cher Époux... adieu tout.

O Grace lumineuse ! ô Sageſſe profonde !
Vertu , fille du Ciel ! oubli ſacré du monde !
Vous , qui me promettez des plaiſirs éternels ,
Enlevez HÉLOÏSE au ſein des immortels.
Je me meurs ... ABAILARD , viens fermer ma paupière.
Je perdrai mon Amour en perdant la lumière.
Dans ces affreux momens , viens du moins récueillir ,
Et mon dernier baiſer & mon dernier ſoupir.
Et toi , quand le trépas aura flétri tes charmes ,
Ces charmes ſéducteurs , la ſource de mes larmes ,
Quand la mort de tes jours éteindra le flambeau ,
Qu'on nous uniſſe encor dans la nuit du tombeau.

QUE la main des Amours y grave notre hiſtoire ,
Et que les voyageurs pleurant notre mémoire ,
Diſent : *ils s'aimoient trop , ils furent malheureux ,*
Gémiſſons ſur leur tombe , & n'aimons pas comme eux.

FIN.